荷塘诗词
续编

邹克斯 著

北方文艺出版社
·哈尔滨·

图书在版编目（CIP）数据

荷塘诗词：续编 / 邹克斯著 . —— 哈尔滨：北方文艺出版社，2024.4
ISBN 978-7-5317-5864-8

Ⅰ.①荷… Ⅱ.①邹… Ⅲ.①诗词 – 作品集 – 中国 – 当代 Ⅳ.①I227

中国国家版本馆 CIP 数据核字 (2024) 第 007971 号

荷 塘 诗 词：续 编
HETANG SHICI XUBIAN

作　　者 / 邹克斯	
责任编辑 / 富翔强	装帧设计 / 树上微出版
出版发行 / 北方文艺出版社	邮　编 / 150008
发行电话 / (0451) 86825533	经　销 / 新华书店
地　　址 / 哈尔滨市南岗区宣庆小区 1 号楼	网　址 / www.bfwy.com
印　　刷 / 湖北金港彩印有限公司	开　本 / 880×1230　1/32
字　　数 / 30 千	印　张 / 5.75
版　　次 / 2024 年 4 月第 1 版	印　次 / 2024 年 4 月第 1 次印刷
书　　号 / ISBN 978-7-5317-5864-8	定　价 / 88.00 元

作者简介
ZUO ZHE JIAN JIE

邹克斯，83岁，1966年毕业于湖南师范学院中文系，湖南长沙周南中学退休人员。籍贯湖南长沙，祖籍湖南醴陵。1981年6月加入中国共产党。先后在湖南醴陵和长沙从事中学语文教学和党政工作。自2021年1月以来，先后出版了《荷塘诗词选》《园丁拾零》《晚霞进行曲》《桂花飘香》《蜻蜓情怀》《余兴汇编集》等书。

前言
QIAN YAN

2021年1月北方文艺出版社出版了拙作《荷塘诗词选》，共收录格律诗词270多首。自那以后，我又陆续写了不少格律诗词，零散地编录在已出版的几本书里，除此之外，还有不少未发表的诗词。

我在北方文艺出版社出版的《荷塘诗词选》的后记里说明，我为什么将自己的诗词选集命名为《荷塘诗词选》。

为了呈现我写的格律诗词的整体面貌，也为了便于查找，我想到将《荷塘诗词选》出版后写的诗词编一本《荷塘诗词：续编》。

格律诗词具有音韵的格律美，容易记忆。我历来认为格律诗词应该"旧瓶装新酒"，不要写得文绉绉、酸溜溜，大量使用生僻典故，导致理解艰涩。

我在《荷塘诗词选》出版后写的这些格律诗词，仍然努力坚持做到不沿袭古人的诗词内容，不无病呻吟，尽量描绘新时代的风情面貌，吟咏新世纪家国情怀。总之，尽量突出格律诗词这个旧式酒瓶里新酒的深情浓意，尽量做到语言通俗易懂，浅显易读。但做得很不如意，恳请各位朋友和读者多多批评指教。

《荷塘诗词：续编》这本书在编排上，仍然以时间为顺序，可以看作是日记，也可以看作是自传。收录的这些诗词中，包含着我身体骤衰、诗词内容渐空、诗意渐少的无奈！

邹克斯

2023 年 12 月 26 日

目录
MU LU

- 001　谢老友叮嘱
- 002　题绿化总监李爱群为花木浇水图
- 003　赠长沙市原二十三中老同事戴梅章老师
- 005　赠李若凰女士
- 006　再度住院归来告诸亲友
- 008　植树节礼赞
- 009　悼曾水保先生
- 010　依韵孙斌先生《七九初度自勉》
- 011　赞阳光先生2020年摄影选集
- 012　步韵崔护《题都城南庄》题堂侄女丽君企业春景图
- 013　记1994年6月八中防汛抗洪
- 015　《清水塘的感召》撰后吟
- 017　赞黄国和先生《牛年奋斗篇》

目录

- 018　辛丑立夏歌——读董必武《八九初度》
- 020　寄语堂侄女丽君
- 021　江神子·建党百年缅怀向警予
- 023　江神子·迎党庆百年
- 025　赞金汇园庆祝建党百年儿童摄影展
- 027　园丁吟
- 028　四季花开
- 030　老伴歌
- 040　勉励二子为党争光
- 041　星城金汇园吟
- 042　暮年寒冬习字
- 043　老弱涂鸦
- 044　南乡子·笔耕
- 045　赞社区主任
- 046　晚霞之二
- 047　赞蒋君事成雅室盆景
- 048　自勉临池之一

049	自勉临池之二
050	戏题蒋君事成伉俪楼台种植图
051	赞阳光先生摄影作品《免费公园赏休闲》
052	赞物业李爱群
053	赞事成君伉俪游武陵天景花池
054	题贺君凤奇明月乡春夜春晨视频
055	出院后告白三首
058	洞仙歌·改造园区池苑
060	赞常德
061	也题酒色财气
062	赞业委会主任谌宪伟
063	贺事成君八十寿——步寅初君韵
065	八十自寿
066	赞中南水工
067	《园丁拾零》出版后吟
068	赞许老师花卉美篇
069	颂垃圾分类

目录

070　爱惜粮食

071　横幅：春色满园

072　横幅：红色周南（之一）

073　横幅：红色周南（之二）

074　横幅：品质周南

075　横幅：幸福周南

076　横幅：辉煌周南

077　祭母

078　戏赠蒋君事成

079　园区宠物鸭

080　园区宠物鸭过冬房

081　赞心气平和

082　题孙女十岁认真学习图片

083　题陈美意拍摄阳光爷孙游乐图

084　酷暑

085　微信头像诗

086　赞物业前台张鹰黄婷张茜三首

088	家训
089	三谢树上微出版诸位编辑
090	新春告各亲友
092	歌吟蜡烛
093	晨起上学
094	老弱习练书法童子功
095	春笋颂
096	春笋谏
097	晚岁吟
098	在朋友圈告各亲友
099	菊花颂
100	故居
101	返回星城三十年——仿《红楼梦曲》之十二《晚韶华》
102	残年谑酷暑
103	游昭山寄诸学友
105	谢朋友圈亲朋
106	吟次子一家搬迁农大居室

107	感悟三首
109	题梅氏晓刚孙辈勇驱骏马影照
110	三赞梓山学校红桂树——寄醴陵六中初二十五班、高一班、高二班同学们
112	收看蒋君事成《仙境仙境仙境》视频
113	消暑
114	国庆满院桂树香
115	金婚
118	钓鱼
119	闲冬
120	年末瑞雪
121	新年瑞雪寄儿孙
122	母鸡下蛋
123	和何君寅初《沈园二题》
125	和何君寅初《悼陈晓旭》
126	感春
127	自嘲——戏仿何君寅初夸老妪诗

129	清明悼田汉聂耳　依韵何君寅初
130	八十岁述怀
132	眼科黄斑前膜手术后谢友朋
134	眼科黄斑前膜手术后感言
135	自嘲练字
137	今秋星城　依韵寅初君
138	次韵何君寅初《读唐诗偶感》
139	戏和老荷新叶《白首伉俪》
140	残年习字
141	暮年寒冬习字
142	暮年习练书法
143	误后生
144	怎到家
145	祛病药
146	发病前书谢黄庭坚诗《春近》给亲朋
147	赞树上微出版
149	立春

目录

- 150　祝福金君志忠
- 151　失偶宠物鸭
- 152　《晚霞进行曲》出版后吟
- 153　晚年自画像
- 154　自我写照
- 155　邻居楼台园地蔬菜茂盛
- 156　炎暑祝君
- 157　炎暑答友人
- 158　寄星城八中各位老同事
- 159　咏创建卫生城市
- 161　旧房加装电梯落成
- 162　赞方骅先生
- 163　人生就是爬楼路
- 164　横幅：老来习字
- 165　中篇小说《桂花飘香》
- 166　突患脑缺血
- 167　后记

【七绝】　　　　　2020年1月15日于星城金汇园

谢老友叮嘱

年已八十，腿脚疼痛，瘸拐，眼昏花，老友叮嘱要"防寒、防冻、防跌倒"。

感君牵挂逝年光，
万里担忧我跌伤。
出外定当依枴棍，
天寒地冻保安康。

首句平起平收式，下平声【七阳】韵。

【七绝】　　　　2020年9月3日于星城金汇园

题绿化总监李爱群为花木浇水图

绿化总监李爱群,
炎天花木水浇勤。
耕耘绿化栽培事,
勤奋园丁好领军。

首句仄起平收式,上平声【十二文】韵。

【七律】　　　　　　　2020年9月29日于星城金汇园

赠长沙市原二十三中老同事戴梅章老师

真诚感谢戴梅章，八五高龄远探望。
蜡炬二三师长业，春蚕五六党旗郎。
退休居住京城内，服务坚守志愿岗。
不忘初心年事老，胸标闪亮勇担当。

首句平起平收式，下平声【七阳】韵。

远探望：远程来看望。

二三：指原长沙市第二十三中学。

师长：此指老师，见《现代汉语词典》第七版1178页。

五六党旗郎：56岁时光荣加入中国共产党，成为党旗下的儿郎。

岗：《现代汉语词典》言："较低而平的山脊。"此借喻志愿服务者的岗位。

胸标：此既指胸口党员的徽章，又指衣袖上志愿服务者的标志。

【七绝】　　2020年10月2日清晨于湖南农业大学

赠李若凰女士

东尤水汽产能先，
政策相扶跑在前。
李董若凰朝大海，
花开春暖到天边。

首句平起平收式，下平声【一先】韵。

东尤：指湖南东尤水汽能节能有限公司，公司董事长为黄国和先生。该公司销售公司董事长为李若凰女士。

朝大海：李若凰微信的个性签名为"面朝大海，春暖花开"。

【七绝】 2020年12月11日于星城金汇园

再度住院归来告诸亲友

　　13年前我被诊断为冠心病，2020年10月30日我因心脏绞痛住进医院，2020年11月6日出院，两天后，大学同窗蒋事成发微信劝导我："不知道你的心脏还有点小毛病，疏于问候，请原谅！既然如此，此后就得注意，一有不适感觉，立刻去看医生，事关'发动机'，不可不慎！"2020年12月1日我心脏隐痛，又住进了医院，心想这次可能要造影安支架了。欣喜的是2020年12月10日被诊断为"无须安支架，建议药物治疗"。特微信发此七绝告蒋君事成及诸亲友。

造影无须支架装，
良心尚好未成殃。
胸中发动机犹颂，
日暮为霞绚丽章。

首句仄起平收式，下平声【七阳】韵。

发动机：此指人体心脏。

发动机犹颂：心脏的跳动还犹如赞颂的歌声。

为霞：见唐代诗人刘禹锡诗《酬乐天咏老见示》："莫道桑榆晚，为霞尚满天。"

【七绝】　　　　　2021年3月12日于星城金汇园

植树节礼赞

植树栽花四路忙，
辛勤培育美山冈。
神州强盛繁荣梦，
不只园丁心意长。

首句仄起平收式，下平声【七阳】韵。

【七绝】　　　　2020年11月28日于星城金汇园

悼曾水保先生

党恩一首见忠贤，
未料而今遗世篇。
同悼先生曾水保，
初心不忘续歌弦。

首句平起平收式，下平声【一先】韵。

曾水保：周南中学桃源诗社成员，2020年6月住院做疝气手术时托曾检身先生向诗社投稿五绝《党恩》："党恩深似海，能纳百川流。镰斧干群举，伟业固千秋。"（终稿）2020年11月26日在家安然去世，27日悼念，28日火化。

曾检身

曾水保，投稿
党恩
党恩深似海，
能纳百川容。
镰斧干群举，
誓言铭记忠。　　　（初稿）

【七律】　　　　　　2021年1月7日于星城金汇园

依韵孙斌先生《七九初度自勉》

杏林一位老诗人，荣庆丰收七九春。
救治苍生无数个，推敲平仄万千轮。
行医崇尚仁心久，歌赋追求音韵神。
诞日休陪入室客，亲戚朋友敬孙斌。

首句平起平收式，上平声【十一真】韵。
孙斌：老中医，长沙市周南中学桃源诗社会员。
杏林：中医学界的代称，亦为对医生的称颂。
推敲平仄：代指创作格律诗词。

【七律】　　　　　庚子鼠年腊月二十八日于星城金汇园

赞阳光先生2020年摄影选集

鼠年影像主题鲜，雄壮从容抗疫篇。
防控时时吹暖气，救治处处奏歌弦。
复工复产神无敌，娱乐消闲情似先。
建党百年同喜庆，金牛期盼镜头宣。

　　首句平起平收式，下平声【一先】韵。"敌"古仄声。

　　暖气：比喻春风，春天的气息，也喻温暖的话语。

【七绝】　　　　　2021年3月1日于星城金汇园

步韵崔护《题都城南庄》
题堂侄女丽君企业春景图

牛年今日此门中，
经世名花相映红。
中外游人同赞赏，
华夏遍地尽东风。

首句平起平收式，上平声【一东】韵。

经世：堂侄女企业湖南经世集团简称。

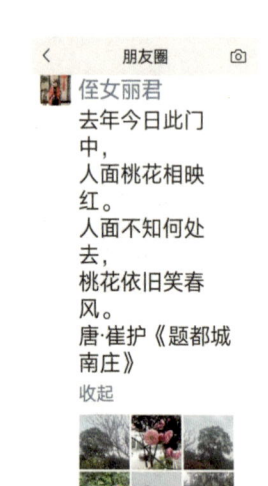

【七律】　　　　　　　　　初稿1994年6月27日

记1994年6月八中防汛抗洪

洪灾侵犯我长沙，
水漫八中守若家。
保护人民财与物，
关怀生命长和娃。
六天六夜重开课，
五日八辰竟有嘉。
心愧无暇陪老母，
忠诚于党度年华。

首句平起平收式，下平声【六麻】韵。

长和娃：指年长的和娃儿们。

重开课：此指"复课"。"复"为仄声，"开"为平声，不言"终复课"，而说"重开课"，才合此句平仄。

辰：日子，见《现代汉语词典》第七版159页。"五日"指第五日，"八辰"指第八个日子。

竟有嘉：指在抗洪期间的第五天和第八天有市和省教委主任分别来校慰勉嘉奖。

年华：此指"时光"，见《现代汉语词典》第七版952页。

【七律】 2021年4月11日于星城金汇园

《清水塘的感召》撰后吟

流连瞻仰几倾心，
耄耋吟哦情更深。
旧址伟人播火种，
星城史馆扩胸襟。
湖湘儿女承先志，
井底聋盲见树林。
清水塘边初立誓，
感召奋进至如今。

首句平起平收式，下平声【十二侵】韵。

《清水塘的感召》：2021年2月23日刊发于《长沙晚报》掌上长沙"学党史·跟党走"栏目。为庆祝建党100周年而作。

旧址：指长沙清水塘中共湘区委员会旧址。

史馆：指长沙清水塘中共长沙历史馆。

【五绝】　　　　　2021年5月4日于星城金汇园

赞黄国和先生《牛年奋斗篇》

水汽变能源，
创新科技门。
牛年齐奋斗，
光彩我家园。

首句仄起平收式，下平声【十三元】韵。

黄国和：湖南东尤水汽能节能有限公司董事长，其《牛年奋斗篇》，见于该公司销售公司董事长李若凰女士2021年5月4日发的朋友圈。

【七律】　　　　2021年5月5日于星城金汇园

辛丑立夏歌
——读董必武《八九初度》

辛牛立夏艳阳天，
耄耋年华永向前。
志士捐躯人洒泪，
名流沥血国哀贤。
山河壮丽五洲赞，
身首呆痴气息延。
不叹春风吹绿去，
高歌奋进谱新篇。

首句平起平收式，下平声【一先】韵。

辛牛：辛丑牛年的略语。正如"沧海桑田"，可略语为"沧桑"，见《现代汉语词典》第七版127页。

立夏：辛丑年立夏为公历2021年5月5日。

哀贤："哀"，哀悼，哀叹，作动词用；"贤"，贤士，贤人，即有才德的人，详见《现代汉语词典》。"哀贤"与上句"洒泪"对仗。

七旬老党员用"七律诗"传递和谐正能量

"他的诗有文化的人能读懂，没有文化的人也能听得明。"

"他的诗充满正能量，为社区和谐发展起到了促进作用。"

在古樟树社区金汇园小区，一位年过七旬、名叫邹克斯的退休老干部，老共产党员，闲暇之余将自己创作的诗句发布在自己有朋友圈中，这些诗句深受居民朋友的喜爱，同时也为社区的和谐发展贡献了一份力量。俗话说，活到老学到老。这句话在七旬老人邹克斯的身上体现得淋漓尽致。"虽然以前经常看名人诗作词，但细细学来，才发现并不简单。诗词讲格律，注重语言艺术，而我通过不断学习才慢慢摸到这些窍门。"邹克斯说，他退休后"不甘寂寞"，通过孜孜不倦的学习，写出大量朗朗上口的诗词作品，都是集中体现对当下生活的感悟的热爱。他创作的"七律诗"累计已近百首，为社区精神文明建设发挥了积极作用。

【七绝】　　　　　2021年7月7日于星城金汇园

寄语堂侄女丽君

耕耘十载龙城美，
经世辛勤梦也真。
私企胸怀华夏志，
红装报国看精神。

首句平起仄收式，上平声【十一真】韵。
经世：堂侄女企业湖南经世集团简称。
龙城：经世集团建造的小区，该集团的驻地。

【词】　　　　　　　2021年5月16日于星城金汇园

江神子·建党百年缅怀向警予

舍生忘死女英豪，
远娇娆，情怀高。
就读周南，
热血令人骄。
建党人中唯一票，
凭女士，
众弯腰！

百年大庆树新标，
党旗飘，战歌嘹。
不忘初心，
使命记牢牢。
妇女先驱舒广袖，
名警予，泪淘淘！

词韵第八部：平声。

向警予： 女，1895年9月4日生于湖南溆浦县，年少时就读于长沙周南中学。她是中国共产党唯一的女创始人，无产阶级革命家、妇女解放运动领导人之一。1928年3月20日，由于叛徒的出卖，在武汉法租界三德里被捕，同年5月1日被押赴余记里空坪刑场英勇就义，终年33岁。

【词】　　　　　2021年5月17日于金汇园

江神子·迎党庆百年

百年奋斗启新程，
画图精，业恢宏。
华夏江山，
创意露峥嵘。
引领全民齐奋斗，
排险阻，
党英明！

看谁学党史真诚，
最丰盈，有推行。
使命初心，
更一脉相承。
评判党员金准则，
拼贡献，
比坚贞！

词韵十一部：平声。

附：刊于 2019 年 9 月 18 日《长沙晚报》，左起第三个为本书作者

【七律】　　　　　2021年6月7日于星城金汇园

赞金汇园庆祝建党百年儿童摄影展

张张笑脸满阳光,
建党高招百岁妆。
金汇园中添美景,
同升街道赞贤良。
长江后浪推前浪,
革命精神传四方。
世代继承红色谱,
中华昌盛写新章。

首句平起平收式,下平声【七阳】韵。

金汇园：小区名称。

同升街道：小区社区所在办事处。

贤良：指影展筹备方业主委员会和图片摄影人阳光先生。

家是最小国　国是千万家

在中国共产党成立100周年前夕，《金色年华 汇聚欢乐——金汇园的孩子们》照片墙与业主们见面了。这个照片墙，由小区业主委员会策划，湖南省税务局机关关心下一代工作委员会协办，并得到了省局机关工青妇组织支持。68张照片均从小区业主、中国摄影家协会会员阳光2016年退休后在小区里抓拍的儿童生活影像中精心挑选出来。展出的目的是丰富小区的文化建设，见证孩子们的岁月成长，赞美和歌颂党领导下走向盛世的幸福生活。

金汇园小区业委会
2021年6月1日

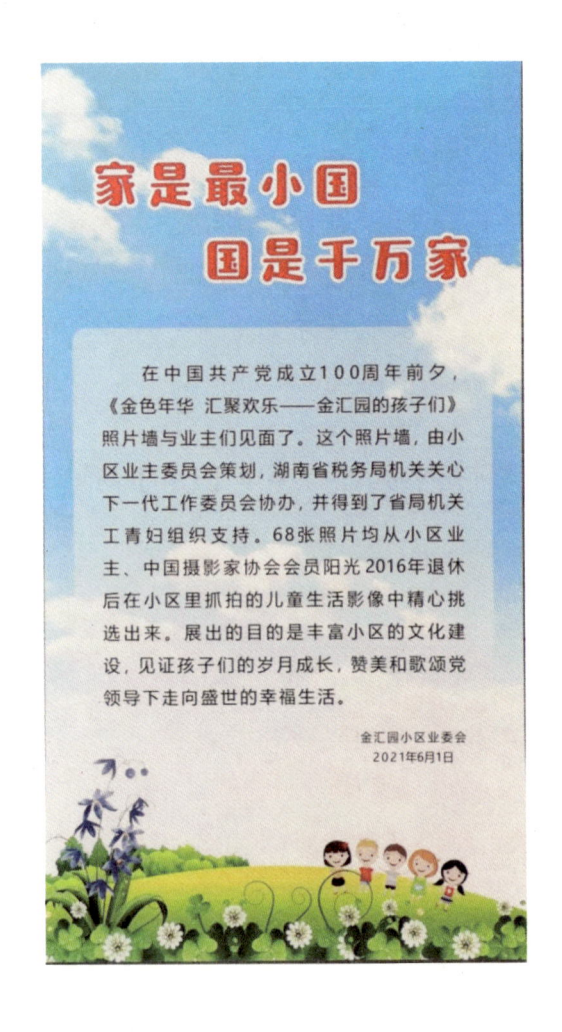

【七绝】　　　　　2021年6月22日于星城金汇园

园丁吟

耕耘栽种树成材，
锦绣山冈春色台。
花木妖娆昌社稷，
园丁挥汗笑颜开。

首句平起平收式，上平声【十灰】韵。

挥汗：用手擦汗挥手甩掉，指干工作特别卖力，汗特别多。

【七绝】　　2020年12月14日于星城金汇园

四季花开

初冬银杏叶金黄，
园圃菊花犹艳妆。
春夏秋冬轮换转，
神州四季美风光。

首句平起平收式，下平声【七阳】韵，第二句孤平拗。

附记：家族聚会（2021年1月22日于星城金汇园）。

【古风】　　2021年6月27日于星城金汇园

老伴歌

相识上山下乡时，
教书育人连理枝。
辗转东南西北地，
五十二年忠于兹。
鬓发苍白腿脚瘸，
两耳失聪眼病兮。

人人都是一本书，
虚心努力才不输。
学校处在老山沟，
一次飞雪漫山头。
次子还只一岁半，
不幸跌断脚骨头。
老公送去长沙市，
医治全靠孺子牛。
忠于职守是本分，
教学工作不能丢。
硬是没有去看望，
现在回想都泪流。

难忘一九八七年，
一场风险史无前。
积劳成疾患肿瘤，
假条在身未病休。
无奈做了大手术，
终于得以命保留。
术后不久重上岗，
劲头超过我老邹。

职称申报高级时，
有人无情笑嘻嘻。
高中底子教高中，
高级怎可轮到伊？
拿出实绩亮论文，
没人再敢有鄙夷。
老家原是在南京，
战火漂泊到醴陵。
嫡亲叔叔叫树淇，
一生经历很传奇。
抗日时期远征军，
地下为党传电文。

优秀党员发余热,
媒体报道很热烈。
初心不忘到终年,
遗物捐赠逝世前。
深厚感情写祭文,
《永久楷模》泪纷纷。

金婚纪念我赋诗,
一首七绝见我痴:
"金陵折得一枝梅,
纪念金婚请举杯。
五十年间共艰苦,
坚贞专一两相依!"
同窗好友为克斯:
举杯共庆有和诗。

退休之后并未休,
关怀学子心意酬。
经常聚会常寄语,
一有所成大赞许。
有个女生郭毅辉,
从业网络功巍巍。
写下赞美诗一首,

勉励征途再显威

"奕奕神采迎朝晖,
专一坚毅志争辉。
不忘初心永向前,
为我九州添神威。"

衷心赞赏歌唱你,
热诚向你敬个礼:
同为辛勤园丁人,
而今俱为垂暮神。
春蚕丝尽心无悔,
蜡炬成灰意永存!

本诗系严格按古风规则押韵,请参见王力先生《诗词格律》第二章第六节第（一）（二）（三）条。

相识上山下乡时：作者老伴梅家庆的老家在南京（金陵），醴陵一中高中毕业后，留校担任教师，教初中语文兼任班主任，作者是1968年3月从长沙市分配到该校的大专院校毕业生。1969年元月，醴陵一中被撤销，作者与老伴被分配到该县不同地方，就在那时相识并结婚。

连理枝：指两棵树的枝干合生在一起。北京故宫御花园里钦安殿、浮碧亭的旁边都有这样合生的树，比喻夫妻恩爱。连理枝在自然界中是罕见的。旧称夫妻树，生死树。

辗转东南西北地：20世纪70年代初，作者夫妇俩被重新分配在醴陵六中工作，后被调入其他学校工作；1987年被调回长沙市二十九中工作，而长沙市正好在醴陵北方。

附作者老伴梅家庆的作品：
（1）散文《我永远的楷模》

我永远的楷模

梅家庆

在纪念建党100周年的时候，我更怀念亲人四叔梅树淇，他是我永远的楷模！

四叔梅树淇出生在南京市一个工人家庭。20岁的时候，胸怀保家卫国的大志，辗转到昆明加入了中国远征军，在戴安澜率领的38师112团任迫击炮连指导员，参加了多次抗日战役，在炮火中负伤，住院治疗8个月后重返前线。1945年太平洋战争结束，他到广州参加了接受日本投降仪式，并暗地接受了地下党的领导。1948年秋，在南京电信局任电力技术员的四叔，受党组织的派遣架设芜湖地下电台，到1949年4月迎来了芜湖和南京的解放。新中国成立后，他回到南京在省邮电局工作，由于工

作出色，于1952年出席了江苏省劳模大会，并被发展为中共党员。

1960年四叔梅树淇响应支援苏北的号召，又一次离开故土南京到徐州邮电局工作，直至离休，在徐州生活了半个多世纪。

四叔除了随时听从党的召唤，以祖国和人民利益为重的高尚精神外，还有许多高贵品质激励着我们。1995年四叔撰写了《我参加反攻缅北纪实》一文，被中共中央党史编辑部评为一等奖，收录在《烽火忆抗战》一书中。2013年他将珍藏了一辈子的两本缅甸和印度战地日记及十余件其他历史文物捐献给了侵华日军大屠杀南京遇难同胞纪念馆。但四叔从不居功自傲，他和蔼可亲，受人尊敬。他在单位是人人尊敬的好领导，在社区是邻居们的楷模，在家里是亲人们的榜样。

在和四叔相处的日子，我亲眼看见他的三个孩子穿的衣裤都是大人服装改的，并且是补丁摞补丁的。他自己的衣物穿了十几年也不肯更换，孩子们想给他买新的，他也不答应。他每天早餐的主菜就是一点榨菜和豆腐乳，基本上以素食为主，头天剩下的饭菜，第二天接着吃。对自己、对家人他特别节俭，但对他人，对社会他却特别慷慨，特别关爱。离休后他虽然年老体衰，但经常在社区中小学进行爱国主义、革命传统宣讲，鼓励孩子们珍惜幸福生活，好好学习，报效祖国。在居住的社区奎园小学，他设立了"梅树淇奖学金"，每年捐献5000元。20世纪60年代，有一次他在大街上看见一位大娘带着孙子设摊乞讨，很可怜，毫不犹豫地拿出十斤粮票和五块钱交给了那位大娘。汶川大地震和国家受到其他自然灾害时，四叔都慷慨地做了捐献。

感受最深的是四叔对我们一家兄弟姐妹四人的关爱。我们四人父母去世得早，可有四叔在，就像父母仍在。四叔不仅资助我的大哥完成了大学学业，还时刻牵挂着在湖湘下岗多病难婚的小弟，给予了无私的救助。他常常教导我们兄弟姐妹四人：要搞好家庭关系，要带好第三代；长辈要关爱后辈，后辈要孝敬长辈，这是梅家的优秀传统。他是这么说的，更是这么做的。

我来到长沙工作生活后，和家人共六次前往徐州看望慈祥的四叔梅树淇，难忘他每次对我们的谆谆教诲。老人虽然于2015年6月15日去世了，但现在我家三代共八人生活在长沙，已有五人是共产党员，我要继续教育我的后代，努力向忠诚的老党员四叔学习，做永不褪色的接班人！（2021年4月14日发在朋友圈）

（2）诗《赞奕晖》

赞奕晖

2020 年 12 月 18 日于星城金汇园

奕奕神采迎朝晖，专一坚毅志争辉。
不忘初心永前进，为我九州添神威。

上平声【五徽】韵。

奕晖：为原长沙市二十九中女生郭毅辉的网名。她曾受湖南卫视委派与团队拍摄纪录片《中国》，事业有成。赞语将其网名"奕晖"和本名"毅辉"分别嵌入第一句、第二句。

【四言古体】　　　2021年6月30日于星城金汇园

勉励二子为党争光

共产党员，
奋勇向前。
敢于担当，
为党争光。

员、前：【一先】韵。
当、光：【七阳】韵。

【七律】　　　　　　　2021年7月12日于星城金汇园

星城金汇园吟

绿树丛中建住房,疏疏朗朗立山旁。
晨闻鸟鸣迎红日,夕见霞出照水塘。
健身器材随处有,舒心曲径竹林蹚。
精神物质文明景,益寿延年好地方。

首句仄起平收式,下平声【七阳】韵。

好地方 (2019年8月20日)

【七绝】　　　　　　2018年12月6日于星城金汇园

暮年寒冬习字

时令冬寒雨雪阴,
出游垂暮腿瘸沉。
棋牌琴鼓陪同缺,
习字吟诗酒自斟。

首句仄起平收式,下平声【十二侵】韵。

【七绝】　　　　　　2019年1月5日于星城金汇园

老弱涂鸦

老弱偷闲写字房，
涂鸦也算养生方。
无求翰墨传人世，
但愿安康未卧床。

首句仄起平收式，下平声【七阳】韵。

【词】　　　　　2022年6月30日于星城金汇园

南乡子·笔耕

平淡老园丁，
依旧情怀用笔耕。
歌颂赞扬家国事，真诚。
根本无求利与名。

向往美人生，
不忘初心永纵横。
垂暮为霞无悔恨，能行。
前进曲中一小兵！

　　用《词林正韵》第十一部韵。《南乡子》词谱见夏方进书69至70页。上阕第四句的两个字别格有不用叠字者。

【七绝】　　　　2020年3月21日于星城金汇园

赞社区主任

社区主任战瘟神，
上户登门不顾身。
防控措施精准细，
人民卫士党功臣！

首句平起平收式，上平声【十一真】韵。

【七绝】 　　　　2022年6月30日于星城金汇园

晚霞之二

年年月月下青山，
旭日东升心底欢。
热血一腔迎美景，
忠心赤胆报天宽。

首句平起平收式，上平声【十四寒】韵。

晚霞之二：拙作《荷塘诗词选》第266页已有《晚霞》一首，此为依韵而作，故标题为"晚霞之二"。

【七绝】　　　　　　　己亥猪年腊月十四日于星城金汇园

赞蒋君事成雅室盆景

蒋君事成2020年1月7日（腊月十三日）晚发来信息和图片："茶梅迎春。我家移入室内的一株茶梅，近日开出十余朵红花，增添了节日的气氛。"

两盆喜庆美茶花，恰似书香贤主家。
腊月寒冬陪蒋许，新春岁岁乐无涯。

首句平起平收式，下平声【六麻】韵。
许：系蒋君夫人许老师，网名"老菜农"，茶花的栽培者。

【七绝】　　　　2020年4月27日于星城金汇园

自勉临池之一

眼花头晕腿瘸躯，
愿做家中纸墨奴。
字体虽然难长进，
权当保健也欢愉。

首句平起平收式，上平声【七虞】韵。

权当保健：醴陵一中同行前辈潘先麓曾勉励我说，"书法是长寿气功啊，值得坚持！"

【七绝】　　　　　　2020年4月30日于星城金汇园

自勉临池之二

垂暮残躯困在家,
不妨因势抹乌鸦。
气功融入临池里,
益寿延年饭量加。

首句仄起平收式,下平声【六麻】韵。

抹乌鸦:唐代卢仝《示添丁》诗:"忽来案上翻墨汁,涂抹诗书如老鸦。"后世用"涂鸦"形容字写得很丑。

【七绝】 2020年9月22日于星城金汇园

戏题蒋君事成伉俪楼台种植图

耄耋儒生壮似牛,
挥锄种植乐悠悠。
精心指导老来伴,
园圃丰收美画楼。

首句仄起平收式,下平声【十一尤】韵。

指导:蒋君事成曾在朋友圈发表其在楼台园圃挥锄种植的数张图片,该园圃有150多平方米,说"养花种菜很随意",并说他负责对许老师"做技术指导"。

【七律】　　　　2020年11月10日于星城金汇园

赞阳光先生摄影作品
《免费公园赏休闲》

阳光传送美篇章，
古老星城展靓妆。
改革创新千岁盛，
公园开辟百花香。
众多白发翩翩舞，
无数青丝熙熙翔。
往返徜徉勤摄制，
先生深爱我家乡。

首句平起平收式，下平声【七阳】韵。

【七绝】　　2020年11月17日于星城金汇园

赞物业李爱群

修缮园区旧广场,
中心位置美风光。
筹谋操作身先卒,
物业群中领首羊。

首句仄起平收式,下平声【七阳】韵。

【七绝】　　　　　2020年10月26日于星城金汇园

赞事成君伉俪游武陵天景花池

季秋犹有傲霜花,醉客祁山忘返家。
湘水仙翁情未尽,武陵神女伴君夸。

首句平起平收式,下平声【六麻】韵。
　祁山·湘水:蒋君事成的网名叫"祁山湘水客"。其夫人许老师的网名叫"老菜农"。
　武陵:常德市的一个行政区。
　天景花池:武陵的一个景点。

【七绝】　　　　2021年4月17日于星城金汇园

题贺君凤奇明月乡春夜春晨视频

如梦山乡春色浓，
声声蛙鸣夜朦胧。
清晨布谷催播种，
田野村庄画面雄。

首句仄起平收式，上平声【一东】，首句邻韵【二冬】。

【七绝】　　2020年11月8日于星城金汇园

出院后告白三首

　　2020年10月30日，我因冠心病心绞痛住进医院治疗，于11月6日出院回家。住院期间为了不让亲友们知道我住院而感到不安，我不断从相册向朋友圈发送往日习字图片。

　　非常感谢那段时间亲友们对我那些习字图片的深切关注和点赞。他们的情义让我在治疗期间，深受感动，备受鼓舞，故有此作。

其一

旧时习字若干张,
卧病圈中发送忙。
祈盼亲友多指教,
更为自勉莫心慌。

首句平起平收式,下平声【七阳】韵。

其二

病房发送"鬼符"忙,
都是先前习字章。
原本隐情无搅扰,
未成骗得赞声扬。

首句平起平收式,下平声【七阳】韵。
鬼符:醴陵方言形容字迹丑陋为"鬼画符图",即"鬼符"。

其三

住院七天病困人,
"鬼符"发送却频频。
但凡康复留仙骨,
继续临池酒免唇。

首句仄起平收式，上平声【十一真】韵。

仙骨：民间流传一副对联：不俗即仙骨，多情乃佛心。

酒免唇：指限酒、戒酒，心脏病患者应如是。

【词】 2020年12月17日于星城金汇园

洞仙歌·改造园区池苑

小桥池水,
北高南低美。
崖洞西临众仙醉。
柳依依,
东面花木丛丛。
精改造,
一派园林荟萃。
狠抓和细算,
材料资金。
入户登门募经费,
废物用而成,
进度不落,
亲上阵,
与众劳累。
历数月,
终于展宏图,
赞颂那,
有心人谌宪伟!

池苑：指金汇园里一处山石林木景观。北高南低，长约一公里，紧靠山崖和屋场基脚，是业主们娱乐休憩的美好处所。

谌宪伟：园区业主委员会主任。

【五绝】　　　　2021年1月31日于星城金汇园。

赞常德

今晨蒋君事成发来《全省第一，常德荣获18项表扬激励》的帖子，喜而有此戏作。

祁山湘水客，
落地朗州家。
园圃鲜花美，
时时奖赏拿！

首句平起仄收式，下平声【六麻】韵。
祁山湘水客：蒋君事成的网名。
朗州：常德古时别称。

【七绝】　　　2021年5月7日于星城金汇园

也题酒色财气

　　宋代佛印和尚、苏轼、宋神宗、王安石有题咏酒色财气的诗篇，三人为七言古绝，另一人为六言古风，读后深受启迪。本人此作没有他们宗法哲理，家国社稷式的神圣感悟，完全是个人对酒色财气情缘的写照。首句写对酒的自控，第二句写对色的专一，第三句写对财的知足，第四句写对事对人的气节和情意，自我解嘲而已。

> 酒因血高早杯悬，
> 色衰老伴共被眠。
> 财够火葬心意足，
> 气到升天还缠绵。

　　下平声【一先】韵。

【七绝】　　　　2021年5月9日于星城金汇园

赞业委会主任谌宪伟

一番心血仙人洞，
改建筹资动脑筋。
今日双休清废物，
鱼池新貌赞谌君。

首句平起仄收式，上平声【十二文】韵。

【七绝】　　　　　2022年3月2日于星城金汇园

贺事成君八十寿
——步寅初君韵

饱读诗书君一流，
云游寰宇趣悠悠。
家风醇厚天伦乐，
八十高龄壮志酬。

附：2022 年 3 月 2 日何君寅初原诗

寿蒋君事成

诗酒花茶雅士流，仄平平仄平
俊游天下亦悠悠。平仄仄平平
谁言八十堪称老，平仄平平仄
应是峥嵘岁月酬！仄平平仄平

首句仄起平收式，下平声【十一尤】韵。

附：何君寅初微信留言
　　同窗一场，拟小诗聊表贺忱，见笑了！您也来一首吧？

【七律】　　　　2021年10月9日于星城金汇园

八十自寿

病残老弱脑犹全，
耄耋蹒跚未竟篇。
往昔征程排困苦，
而今前路拓园田。
夕阳处处神仙乐，
华夏人人志士贤。
不忘初心担使命，
尚存一息绘余年。

首句平起平收，下平声【一先】韵。

全：指"健全"，形容词，见第七版《现代汉语词典》。

未竟：指"没有完成"，动词，见第七版《现代汉语词典》。

处处：指"各个地方，各个方面"，见第七版《现代汉语词典》。

【七绝】　　　　2021年12月21日于星城金汇园

赞中南水工

管道更新大半年，
炎天冷雨免费篇。
最终扫尾艰难事，
何队全程勇向前。

首句平起平收式，下平声【一先】韵。
何队：指扫尾工作的领队何师傅。

【七绝】　　　　2022年3月21日于星城金汇园

《园丁拾零》出版后吟

蹒跚耄耋老园丁，
回首低头只拾零。
岁月虽然多困苦，
精专敬业也安宁。

首句平起平收式，下平声【九青】韵。

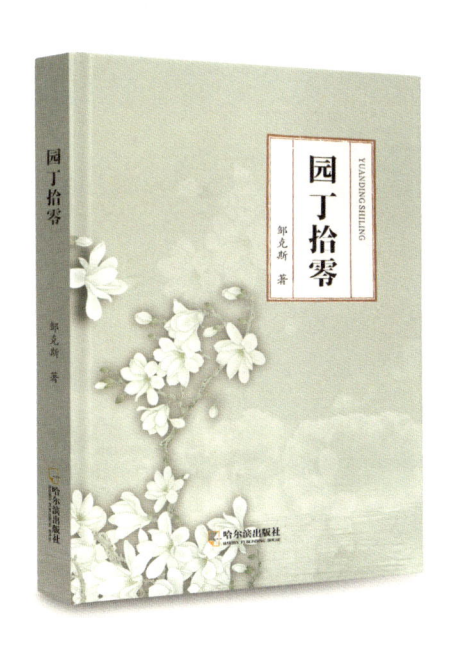

【七绝】　　　　2021年12月20日于星城金汇园

赞许老师花卉美篇

先生情意诗配花，
夫人园圃锦绣家。
借得美篇传万里，
世人纷纷衷心夸。

下平声【六麻】韵。

许老师：蒋君事成的夫人，善栽植花卉，创作美篇。蒋常为其花卉美篇配诗词。

【七绝】　　　　　2022年6月15日于星城金汇园

颂垃圾分类

垃圾分类见品行，
废物重生价值赢。
若是人人都效仿，
繁荣昌盛国扬名。

首句平起平收式，下平声【八庚】韵。

【七绝】　　　　　2022年6月15日于星城金汇园

爱惜粮食

心疼粮草是常情,
不只栽培血汗成。
万一战争来打击,
若无饭食哪峥嵘。

首句平起平收式,下平声【八庚】韵。

【春联】

横幅：春色满园

喜事常来财运久，福星高照寿年长。

【楹联】　　　　　　2022年5月5日前后撰写

横幅：红色周南 (之一)

效徐特立先贤从教，
承向警予志士创新。

【楹联】　　　　　　　　2022年5月5日前后撰写

横幅：红色周南 (之二)

朱剑凡毁家创办周南，无数英才相映。
后来者强国追随至圣，众多蜡炬共辉。

【楹联】 2022年5月5日前后撰写

横幅：品质周南

赫赫周南先贤名士树榜样
莘莘学子淑女豪男成栋梁

【楹联】 2022年5月5日前后撰写

横幅：幸福周南

迎朝阳园丁耕作情怀壮，
奔理想弟子进研修气昂。

【楹联】　　　　　　　2022年5月5日前后撰写

横幅：辉煌周南

满园鲲鹏欢歌齐展翅，
举国俊杰曼舞共称雄。

【七绝】2022年4月1日修改的《荷塘诗词选》第45页《祭母》稿

祭母

坟前哀切叫娘亲,
踉跄躬身耄耋人。
一息尚存来祭拜,
寸心难报暖晖春。

首句平起平收式,上平声【十一真】韵。

暖晖:唐人孟郊有诗句"谁言寸草心,报得三春晖。"

【七绝】　　　　　2022年12月16日于星城金汇园

戏赠蒋君事成

午睡醒来回蒋翁，
专程赴席事落空。
来日再成美食宴，
勿忘蜻蜓喜爱中。

上平声【一东】韵。

【七绝】　　　　2022年11月13日于星城金汇园

园区宠物鸭

白色恩爱宠物鸭，
悠游自在溪水峡。
未成盘中美味食，
业主文明素养甲。

入声【十六洽】韵。

【七绝】　　　　　2022年12月1日于星城金汇园

园区宠物鸭过冬房

一对白色宠物鸭，
放养园区溪水峡。
幼小守纪不乱串，
圈内活动规范甲。

入声【十六洽】韵。

宠物鸭过冬房：系作者搭建。

【七绝】　　　　2022年8月4日于星城金汇园

赞心气平和

读蒋君事成致其中学同窗策雄发的帖子而作。

世事沧桑变化多，
情怀家国把名搓。
知足常乐能轻利，
心气平和赞仙哥。

首句仄起平收式，下平声【五歌】韵。

【七绝】　　　　2022年8月10日于星城金汇园

题孙女十岁认真学习图片

志高十岁浅而差，
学府如今深造娃。
家国情怀常要有，
红专兼有是真佳。

首句平起平收式，上平声【九佳】韵。

【七绝】　　　　　　　　2022年8月12日于金汇园

题陈美意拍摄阳光爷孙游乐图

幼小花苗幸福长,
爷孙游乐共安康。
金汇园里齐赞颂,
灿烂阳光哺育章。

首句仄起平收式，下平声【七阳】韵。

【七绝】　　　　　2022年8月21日于星城金汇园

酷暑

赤日炎炎似火烧,
暮年习字讨逍遥。
心怀家国艰难事,
祈盼人间烦恼消。

首句仄起平收式,小下平声【二萧】韵。

【七绝】

微信头像诗

世间一只小飞虫,
学识空空点水功。
无害蜻蜓非有用,
未曾海燕怒涛冲。

首句平起平收式,上平声【一东】韵。

【七绝】　　　　　　2022年9月18日于星城金汇园

赞物业前台张鹰黄婷张茜三首

其一：赞物业前台张鹰

有问及时答复人，
有求必应美精神。
前台服务无停顿，
学习雷锋业主亲。

首句仄起平收式，上平声【十一真】韵。

其二：赞物业前台黄婷

学习雷锋做好人，
前台服务快如神。
张鹰女士先行将，
巾帼黄婷心最亲。

首句仄起平收式，上平声【十一真】韵。

其三：赞物业前台张茜

酷夏炎炎烦躁人，
身体检查费精神。
张鹰主帅雷锋路，
张茜黄婷办事亲。

首句仄起平收式，上平声【十一真】韵。

【打油诗】　　　　2022年8月19日于星城金汇园

家训

养生保健这好那好，
最重要的是心态好，
能动就动一动好。
这人好那人好，
孝义人最好。
今天好那天好，
希望明天更好！
这个国家好，
那个国家好，
我们中国最好！
说这好那好，
说到做到最好！

　　家训：是指家庭对子孙立身处世、持家治业的教诲。家训是家庭教育的重要组成部分，对个人的教养、原则都有着重要的约束作用，或单独刊印，或附于宗谱。其他名称还有：家诫、家诲、家约、遗命、家规、家教。家训在中国形成已久，是中国传统文化的一部分，对个人、家庭，乃至整个社会都有良好的作用。

【七律】 2022年11月15日于星城金汇园

三谢树上微出版诸位编辑

树上操劳编拙书,
深情服务为残儒。
审查处置传灵气,
绘制描摹现彩图。
有序安排繁复事,
如约出版我心愉。
体衰瘸腿昏花眼,
诸位相扶在路途。

首句平起平收式,上平声【七虞】韵,首句邻韵上平声【六鱼】。

三谢:指感谢树上微出版诸位编辑,为我第三本书《晚霞进行曲》的出版费力劳心。

【柏梁体古诗】　　　　2023年4月20日于星城金汇园

新春告各亲友

出门防护心不慌,
回家洗手气昂扬。
种菜习字写文章,
一天到晚事情忙。
《荷塘诗词》先出场,
《园丁拾零》后启航。
《晚霞进行曲》高昂,
《桂花飘香》唱侨商。
手脑勤快人安康,
能吃能喝睡眠香。
健康经验多收藏,
坚持锻炼迎春光。

下平声【七阳】韵。

荷塘诗词：指本人第一部书《荷塘诗词选》，诗词选集。

园丁拾零：指本人第二部书《园丁拾零》，回忆性文集。

晚霞进行曲：指本人第三部书《晚霞进行曲》，散文、小说、诗词合编。

桂花飘香：指本人第四部书《桂花飘香》，传记体中篇小说。

春暖花开，江山如画

【七律】　　　　　2023年2月13日于星城金汇园

歌吟蜡烛

　　人们对教师历来有园丁、春蚕、蜡烛、人梯之称，我更喜爱蜡烛之说。

蜡烛微微一点光，
莘莘学子免彷徨。
辛勤忙碌成灰弱，
刻苦钻研创业强。
焚毁身躯情坦荡，
繁荣桃李意徜徉。
平生热泪始流尽，
病老依然初心肠。

　　首句仄起平收式，下平声【七阳】韵。
　　成灰、热泪：分别改用唐李商隐《无题》"蜡炬成灰泪始干"句。

【七绝】　　　　　　　　2023年3月6日于星城东塘

晨起上学

东方灿烂现曙光，
学子匆匆进校忙。
桃李承载家国意，
师表迎候育栋梁。

下平声【七阳】韵。

【七绝】　　　　　　　2023年3月7日于星城金汇园

老弱习练书法童子功

老弱始知童子功，
常练书法病残中。
日久月长总坚持，
定然不会一场空。

上平声【一东】韵。

【七绝】　　　　　2023年4月4日于星城金汇园

春笋颂

春暖山林众笋尖,
昂然破土劲头添。
雄心壮志成青竹,
财宝周身奉献甜。

首句仄起平收式,下平声【十四盐】韵。

【古绝】　　　　2022年3月18日于星城金汇园

春笋谏

春来本欲长高竹，
绿化家园添幸福。
哪个游客砍挖去，
自私自利丑面目。

入声【一屋】韵。

谏：规劝。

【古绝】　　　　　　　2023年3月26日于星城金汇园

晚岁吟

老残蹒跚砥砺行，
气喘吁吁不了情。
人生奋斗艰难路，
拼到尽头就算赢。

下平声【八庚】韵。

【七绝】　　　　　2023年5月4日于星城金汇园

在朋友圈告各亲友

晚岁蜻蜓习字篇，
羞于献丑再连天。
本来醉墨求神韵，
技艺平平岂书缘。

首句仄起平收式，下平声【一先】韵。

【七绝】　　　　2022年12月11日于星城金汇园

菊花颂

菊花冬月尽情开，
面对严寒志未衰。
浩气凛然人敬佩，
笑迎天下美春来。

首句平起平收式，上平声【十灰】韵。

【古绝】　　　　　　　2023年清明节于星城金汇园

故居

儿孙五代荷叶塘，
创业建宅邹蔚阳。
游子情怀长相望，
遥祝老小各安康。

下平声【七阳】韵。

邹蔚阳：作者祖父的姓名。

游子：指作者，年已83岁。

【散曲】　　　2017年6月29日于长鑫美树园宅

返回星城三十年
——仿《红楼梦曲》之十二《晚韶华》

却说原因，
父母残老在星城。
举家返回并非初心，
事瓷城二十秋春。
看破那级别和住室，
更不用说职位在顶。
丢弃那功名利禄不心疼，
韶华三十尽孝天伦。
痛沉沉先人亲殡，
情切切儿成家庭，
棋步步求学孙勤，
宽敞敞住房算丰。
再想当年苦苦思忖：
怎得精忠报国钦敬？

瓷城：**湖南醴陵市的别称。**

【七古】　　　　　2017年8月24日于星城金汇园

残年谑酷暑

连续几天晴热,最高温度39摄氏度,有感而作。

热浪滚滚苗枯焦,
老来病弱日难熬。
也曾青春遭酷暑,
不摇蒲扇斗志高!

古体诗韵:第八类平声【萧肴豪】。

【七绝】　　　　2017年10月10日中午于星城金汇园

游昭山寄诸学友

　　去年10月在常德举行大学毕业50周年聚会时，原本约定今年10月长沙再聚会后同游昭山，因事有难处，活动被取消。但我依然于10月7日满怀感触地独自游览了昭山，因有此作。

原定昭山同眺览，
难为再聚见无缘。
手招诸友多珍摄，
快乐吉祥夕照妍！

仄起仄收式，下平声【一先】韵。

昭山：湖南湘潭市易家湾湘江东侧一处旅游景点。

【七绝】　　　　　　　2018年5月1日于星城金汇园

谢朋友圈亲朋

心头肉上乖孙辈，
求学攻关志气高。
借得亲朋齐点赞，
一朝摘取大红桃。

首句平起仄收式，下平声【四豪】韵。

求学：孙女孙子正在上高中，明年即将考大学。

【七律】　　2018年6月12日于星城金汇园

吟次子一家搬迁农大居室

　　二儿媳在湖南农业大学有一套闲置的旧住房，环境优美，孙子于离该处不远的南雅中学就读。为了陪读，二儿媳从春节前就开始筹措资金，将这套房子翻新了一番，并拟于七月份从星城繁华地段的长鑫住宅搬迁至农大。

奔波筹划半年忙，
尽力装修陈旧房。
不为迁移疗养地，
只缘陪伴读书郎。
进餐合理身体好，
自习充盈课业强。
不负严慈良苦意，
乖孙合力向康庄。

首句平起平收式，下平声【七阳】韵。
严慈：古代父母的代称，此为双关义。

【七绝】　　　　2018年7月16日于星城金汇园

感悟三首

其一
人生如戏戏如人，
大戏成功要较真。
真善美全修炼课，
门门优秀显精神。

首句平起平收式，上平声【十一真】韵。

其二
人人都是教科书，
成败平凡有益余。
若得世人收获好，
写编课本莫粗疏！

首句平起平收式，上平声【六鱼】韵。

律绝【感悟三首】之一

人人都是教科书，
成败平凡有众余。
若得世人收获好，
写编课本莫粗疏！

其三

青春焕发绘宏图，
年老病残锐气无。
岁月如水流逝快，
珍惜当下尽痴愚。

首句平起平收式，上平声【七虞】韵。

【四言诗】　　　　2018年7月18日于星城金汇园

题梅氏晓刚孙辈勇驱骏马影照

小小勇士，驱马奔驰，
天天向上，前程无量！

【七绝】　　　　2018年7月20日清晨于星城金汇园

三赞梓山学校红桂树
——寄醴陵六中初二十五班、高一班、高二班同学们

又当桂树花开季,
昔日艰辛修炼身。
尔等近衰无用虑,
长将香艳育新人!

首句平起仄收式,上平声【十一真】韵。

近衰：初二十五班、高一班、高二班这三个班的学生，是该校首届初中和高中班，在 2018 年这些学生都是 60 岁左右的人了，都退休了，所以说他们是"近衰"。

长将：是说校园内那棵桂树，还会长久地以它的香艳，为国家培育出大批新的人才。

【七绝】　　　　2018年7月20日下午于星城金汇园

收看蒋君事成《仙境仙境仙境》视频

近来腿脚蹒跚病，
行走登楼满腹愁。
仙境只能豪侠览，
梦中我可去周游。

首句平起仄收式，下平声【十一尤】韵。

蹒跚病：自2018年6月上旬起，我的膝关节、小腿骨、裸拐骨和足跟骨时时剧烈疼痛，行走困难，上下楼梯时尤甚。真担心自己不到80岁就要坐上轮椅，甚为苦闷忧虑。本月上旬长子健健从网上购得一种进口药，几百块钱一瓶，每瓶180粒，每日服用一片，暂无效果。健健要求老伴也一同服用，说人到中老年都会有这种膝关节疼痛病，要早预防。健健还说，早两年前他也如此，不能打乒乓球，后来连续服用了这种药就好了，打乒乓球时也不痛了。但愿这药，最终对我也有效果。

【七绝】　　　　2018年8月29日于星城农业大学次子住宅

消暑

　　今年遇到少有的酷暑。央视报道长沙自7月14日起已持续31天36摄氏度以上的高温,炎热难耐。

　　高温持续火骄阳,
　　躲进书房写字忙。
　　只借空调驱酷暑,
　　如何气定保安康。

　　首句平起平收式,下平声【七阳】韵。

【七律】 2018年10月3日上午于星城金汇园

国庆满院桂树香

适逢国庆旅游忙,
满院芬芳桂树昂。
人海人山奔景点,
车流车堵耗时光。
老夫残弱难开步,
病眼昏花喜品香。
守住自家名胜地,
徜徉陶醉少年狂!

首句平起平收式,下平声【七阳】韵。

2018年10月4日清晨7时补记:
这首七律有三个要点:一是展现本人这次欢度国庆的特殊方式;二是重点歌颂了桂花给节日增添的喜庆;三是阐述了老年人应有的养生之道。

【七绝】　　　　2018年11月12日下午于星城金汇园

金婚

　　大学同窗蒋君事成题我在永州聚会的影照,有一金句"金陵折得一枝梅"(梅老师是南京人),今引为与老伴的金婚纪念句。1969年1月12日,我与老伴在醴陵水口山林场相识并结为伴侣,而今垂垂老矣,已至金婚。

金陵折得一枝梅，
纪念金婚请举杯。
五十年间共艰苦，
坚贞专一两相陪！

首句平起平收式，上平声【十灰】韵。
第三句为律诗特殊句式。

金婚：欧洲风俗结婚后的每一个纪念日都有不同的名称。结婚50周年叫金婚，象征着情如金坚，爱情历久弥新。

补记

（1）2018年11月12日下午5时13分同窗蒋君事成发来的帖子：

克斯同学，刚才看到了你发来的帖子。首先致以热烈的祝贺，祝贺你们两情相悦，风雨同舟五十年，预祝你们老而弥笃，携手下一个五十年！可惜不在一地，否则当面致贺忱！我将以此帖与君之大作一并转至我们班同学群，让同学们一齐祝贺你们的金婚之喜！

（2）汤应龙2018年11月15日早晨6时25分发到群里的赠诗：

写为邹君金婚五十

一剪红梅一室香，
金陵猎艳置三湘。
勤培勤灌五十载，
情意深深美鸳鸯。

(3) 何寅初 2019 年 1 月 19 日的和诗

贺蜻蜓金婚
读蜻蜓《金婚》诗，步其韵以志贺。

邹兄昔摘一枝梅，亦友亦妻家举杯。
以沫相濡同苦乐，金婚共庆永相陪。

梅、家、庆：三字为邹兄夫人姓名。

【七绝】　　2018年11月30日下午于湖南农业大学次子住宅

钓鱼

浏阳河畔钓鱼仔,
一杆直伸绿水波。
半日鱼儿没钓到,
空空两手乐呵呵。

首句平起仄收式,下平声【五歌】韵,"钓"字按律可不救。

乐呵呵:虽功夫不到家,还需努力修炼,提高技艺,然偷得一闲,自得其乐也。

【七绝】　　　　　　　2018年12月6日于星城金汇园

闲冬

时令严寒雨雪阴，
出游走动脚瘸沉。
棋牌琴鼓陪伴缺，
习字闲冬酒自斟。

首句仄起平收式，下平声【十二侵】韵。

【七古】　　　　　2018年12月30日于星城金汇园

年末瑞雪

瑞雪纷纷迎新年，
星城处处笑连天。
两家大小堆雪人，
风情万种永向前。

下平声【一先】韵。
两家：指长子和次子两家。

【打油诗】　　　　　2019年1月2日于星城金汇园

新年瑞雪寄儿孙

银装素裹靓星城，
山水街巷欢歌声。
复兴蓝图展前景，
撸起袖子努力拼。
刻苦磨炼成宝剑，
勤奋学习才精英。
相互鼓励再加油，
朝着目标向前行！

2018年春节，于星城金汇园。

2018.12.30 饶在金汇园堆雪人

【七绝】　　　　　2019年1月10日于星城金汇园

母鸡下蛋

家中喂养一只鸡,
今日咯咯下蛋啼。
不忍琼筵烹善类,
长将供奉赏呵兮。

首句平起平收式,上平声【八齐】韵。

琼筵:盛宴或美宴。

善类:指那只勤于生蛋的可爱母鸡。

【古绝】　　2019年三八妇女节下午6时35分于星城金汇园

和何君寅初《沈园二题》

其一
未游沈园吟华章,
长恨断魂感陆唐。
江南淫雨伤心泪,
痛煞骚客哀鸳鸯。

下平声【七阳】韵。

其二
昔年沈园一放翁,
不敢私奔与琬终。
惹得多情千古怨,
老何新叶头发蒙。

上平声【一东】韵。

附：何君寅初发来的微信信息和原诗

蜻蜓君，几天前看了事成君发的江南烟雨视频，自感其赏心悦目，令人难以忘怀。尤其是视频

中提及的陆唐之恋凄绝感人。我没有去过沈园,但也感同身受,禁不住写二首歪诗,以述其怀。李杜未至南岳却写出了诵岳之诗,范公未抵岳阳亦写出《岳阳楼记》。鄙人不才,东施效颦,未至沈园,也胡乱涂鸦一番,以供贻笑大方。

沈园二题

(一)
如烟似雾失楼台,
淫雨江南扰客怀。
长恨春波桥下水,
惊鸿照影不复来。

(二)
沈园烟雨独徘徊,
墙柳小桥入梦来。
往昔香销魂断处,
至今犹惹客心哀。

【七古】　　　　　2019年3月8日于星城金汇园

和何君寅初《悼陈晓旭》

佛门青灯难解忧，
寂寞孤独也病愁。
晓旭终究仙逝去，
红尘粉丝恨悠悠。

附：何君寅初发来的原诗

悼陈晓旭

（一）
曾演红楼动九州，
命如黛玉泪同流。
怀才却被上苍妒，
魂去怎堪长恨留！

（二）
结缘林妹梦红楼，
一样伤心一样愁。
数载青灯佛难佑，
芳魂杳杳恨悠悠。

【七绝】　　2019年3月20日于星城金汇园凌晨依枕而吟

感春

腿瘸眼涩耳无真，
嗅得花香又一春。
桑晚尚能为彩景，
好迎来日美清晨。

首句平起平收式，上平声【十一真】韵。

桑晚：化用刘禹锡《酬乐天咏老见示》："莫道桑榆晚，为霞尚满天。"

附：学友何君寅初发给我的勉励语

"腿眼耳不行，鼻子灵能嗅到花香也不赖。明天春分，感春正当其时。好诗！"知我者，何君也！

【打油诗】 2019年3月30日下午于星城金汇园

自嘲——戏仿何君寅初夸老妪诗

老夫今年七十八,
生活难理哪个夸。
观光行走靠拐棍,
钦羡众人迎春花!

迎春花:因其在百花之中开花最早,开花后即迎来百花齐放的春天而得名。迎春花与梅花、水仙花和山茶花统称为"雪中四友",是中国常见的花卉之一。迎春花因花色端庄秀丽,气质非凡,具有不畏寒威,不择土壤,适应性强的特点,历来为人们所喜爱。迎春花种植历史达1000余年,唐代白居易诗《代迎春花召刘郎中》,宋代韩琦《中书东厅迎春》和明代周文华《汝南圃史》均有记载,现为河南省鹤壁市的市花。

附：何君寅初微信发的图片和打油诗

夸老妪

老妪今年八十八，
生活自理人见夸。
边吃边走多快乐，
脸上笑开两朵花。

【七绝】　　2019年4月4日上午于星城金汇园

清明悼田汉聂耳　依韵何君寅初

国歌一曲壮无伦，
宇宙传扬华夏魂。
高唱复兴民族梦，
豺狼敢犯战如君。

首句平起平收式，依何君用《诗韵新编》第十五部【痕】平声。

附：与何君寅初微信发来的原诗

悼聂耳田汉

聂田才俊世无伦，
一曲高歌铸国魂。
驾鹤西游留绝唱，
振兴华夏梦能真。

2019年清明前夕

【七绝】　　2019年5月18日于星城侯家塘住宅拟

八十岁述怀

次韵星城书家曾玉衡88岁时于马来西亚的吟咏。

其一

七九流年磨难过，
儿孙眼下正爬坡。
果然狂啸兴风者，
不舍回眸伴战歌。

首句仄起平收式，下平声【五歌】韵。

狂啸、回眸：见鲁迅诗《答客诮》："无情未必真豪杰，怜子如何不丈夫？知否兴风狂啸者，回眸时看小于菟。"

其二

似水流年七九过,
负病忍辱苦爬坡。
儿孙正在攀登路,
期盼相扶谱浩歌。

首句仄起平收式,下平声【五歌】韵。

负病忍辱苦爬坡:我自幼随母下堂,身世凄苦,漂泊流离,坎坷曲折,受尽歧视,且自幼身体衰弱,病痛繁多。但我自青少年时代起热爱党,忠于党,积极向上,成家立业后,尽力辅助儿孙,对他们充满殷切期望,是为"负病忍辱"。

附:星城书家曾玉衡88岁时于马来西亚的吟咏。

弹指流光八九过,
既然潇洒吉隆坡。
因缘爱国豪情壮,
敢向全球发浩歌。

【七绝】　　　　2019年5月30日于星城金汇园

眼科黄斑前膜手术后谢友朋

手术平安谢友朋,
挂牵慰勉一残生。
管它效果无分晓,
只要长相共晚晴。

首句仄起平收式,下平声【八庚】韵,首句邻韵【十蒸】。

在朋友圈回复各亲朋好友:

只可用"屋漏偏遭连夜雨"来哀叹。五月九号,我的右眼接受黄斑前膜剥离手术。五月十一号,即母亲节,在医院看护我的老伴回家拿东西时不幸跌倒,左手腕骨折,胸部也跌断三根肋骨,至少要三个月才能恢复。黄斑前膜剥离手术的预期效果一般都不乐观。目前我双眼尤其是右眼视觉仍然模糊不清,恢复也至少要三个月。我已于五月十五号出院,唯愿我能"眼见光明"。我们老两口无奈只好在家调养。所以这段时间我没有在微信和朋友圈出现,但我们很淡定、坦然。请各位亲友放心,不必牵挂,

我们会照料好自己，争取尽早回到温暖的群体中去。谢谢！

【七绝】　　　　2019年6月30日于星城金汇园

眼科黄斑前膜手术后感言

次韵星城书法先贤曾玉衡病逝前的吟咏。

少年未料眼将衰，
耄耋蒙眬鬼怪来。
何事投医无畏惧，
只缘习字治痴呆。

首句平起平收式，上平声【十灰】韵，首句邻韵上平声【四支】。

附：

星城书法先贤曾玉衡病逝前的吟咏

连年病叹息身衰，
今又龙钟站起来。
底事精神重抖擞，
不甘寂寞学痴呆。

【无谱词】　　　2019年7月4日晚于星城金汇园

自嘲练字

今晚在朋友圈发表了下面这首自创的无谱词和两幅字,并附有一句戏言:"为君歌吟一曲无谱词!"

堪笑榆林一耋佬,
腿瘸手不巧。
头晕还眼昏,
行走靠拐棍。
不通行笔布局各规章,
却把挥毫当补养。
装模作样,
还是病殃。
练字养生有法度,
莫只浮躁痴心如故!

榆林:借指作者居住的园地。

耋:七八十岁的年纪,见《现代汉语词典》第七版303页。

练字养生有法度:参见本人日记第十册2017

年12月9日复印的2007年12月2日至12月8日期间《大众卫生报》的剪报《练书法使他长命百岁》。

【五绝】　　　　2019年8月25日上午9时于星城金汇园

今秋星城　依韵寅初君

晴热炎炎日，
已逾四十天。
蜻蜓遇秋虎，
何处舞蹁跹！

首句仄起仄收式，下平声【一先】韵。
第三句为特定平仄格式"平平仄平仄"。
秋虎："秋老虎"的简称，见《现代汉语词典》第七版1073页。今年立秋为8月8号。据三四天前长沙电视台报道，星城35摄氏度以上晴热天气已达37天。

附：何君寅初清晨发在群里的原诗

秋日
勺取三江水，
来浇赤日炎。
甘霖降白虎，
享我爽凉天。

【七绝】　　　　　2019年9月8日于星城金汇园

次韵何君寅初《读唐诗偶感》

好诗唐代重幽哀,
五彩缤纷历史台。
欣喜而今逢盛世,
讴歌欢唱众心裁!

首句仄起平收式,上平声【十灰】韵。

附:何君寅初的原诗

读唐诗偶感
飘零白也少陵哀,
谁陟黄金百尺台?
濡笔犹须逢盛世,
今朝妙手把诗裁。

白也:白也指李白,杜工部《春日忆李白》诗云"白也诗无敌,飘然思不群"。
少陵:指杜甫。

【七古】　　　　2019年8月28日于星城金汇园

戏和老荷新叶《白首伉俪》

新叶白首伴妻眠，
同室沫濡美梦甜。
遥知晓行花径里，
蜻蜓钦羡手相牵！

老荷新叶：**系大学同窗何寅初网名。**

附何君寅初用微信发来的原稿和附言：

古绝《白首伉俪》
白首伴妻眠，
同床异梦甜。
晓行花径里，
邻笑手相牵。

附言：
见笑了！在外散步时，常与妻结伴而行。邻居往往笑着说：你俩怎么这样好！我们对此一笑了之。便有末句"邻笑手相牵"。

【七绝】　　　　　　2018年11月1日于星城金汇园

残年习字

一生写字像虾公,
懊悔童蒙基础空。
不耻残年方习字,
践行难事可成功。

首句平起平收式,上平声【一东】韵。
录自日记第 28 册 2018 年 11 月 1 日。

【七绝】　　　　　　2018年12月6日于星城金汇园

暮年寒冬习字

时令冬寒雨雪阴,
出游垂暮腿瘸沉。
棋牌琴鼓陪同缺,
习字吟诗酒自斟。

首句仄起平收式,下平声【十二侵】韵。

【七绝】　　　　　2018年12月13日于星城金汇园

暮年习练书法

老来调护倍艰深，
难免痴呆将面临。
大脑莫闲多运动，
时操书法健身心。

首句平起平收式，上平声【十二侵】韵。
录自日记第 28 册 2018 年 12 月 13 日。

【七绝】　　　　　2020年3月26日于星城金汇园

误后生

曾经职业教书情,
黑板涂鸦误后生。
年少无缘翰墨事,
残年方始砚池耕。

首句平起平收式,下平声【八庚】韵。

涂鸦:见《现代汉语词典》第七版1326页。

【七绝】　　　　　　　2020年3月26日于星城金汇园

怎到家

瘸拐昏沉一老爹，
纸张涂抹状乌鸦。
少年书法无根底，
垂暮用功可到家。

首句仄起平收式，下平声【六麻】韵。

【七绝】　　　　　2020年3月26日于星城金汇园

祛病药

补牢仍旧已亡羊，
涂抹乌鸦或可偿。
书法功夫祛病药，
坚持践行寿年长。

首句平起平收式，下平声【七阳】韵。

补牢：指成语"亡羊补牢"，见《现代汉语词典》第1352页。录自日记第29册2020年3月26日。

【七绝】　　　　　　2020年12月12日晨于星城金汇园

发病前书谢黄庭坚诗《春近》给亲朋

寒冬发送近春章,
都是先前习字秧。
祈盼亲朋多指教,
更为疾患勿颓唐。

首句平起平收式,下平声【七阳】韵。

【七律】 2021年1月12日于星城金汇园

赞树上微出版

树上沉沉尽善书，
弘扬诚信为群儒。
依从法纪严操作，
尊重来稿细构图。
中外古今都显要，
东南西北俱欢愉。
雷编率队精专术，
出版新开美景区。

首句仄起平收式，上平声【七虞】韵，首句邻韵【六鱼】。

尊重来稿：树上微出版的格言："尊重每一部作品的价值。"

构图：根据题材和主题思想把要表现的形象，构成协调完美的画面。见《现代汉语词典》第七版462页。

欢愉：指出版的效果。

雷编：即雷顺编辑主任。

附件：雷顺当即发在朋友圈的赞语和图片

感谢邹老师对我们树上微出版的认可！我们唯有更加努力！

【七绝】　　　　　　　公元2021年2月3日立春

立春

庚子鼠年即将过去，辛丑牛年即将到来，感慨而作于星城金汇园。

世事艰难史记多，
乌云滚滚扫妖魔。
立春险阻依然有，
奋斗不停奏凯歌。

首句仄起平收式，下平声【五歌】韵。

【七绝】 2023年3月14日于星城金汇园

祝福金君志忠

有人在群里报道,50年后终于见到了大学同窗金志忠,并与他合影留念,故有此作。

大学埋头一学神,
暌违五秩面容新。
春风昂首蹒跚步,
遥祝金君百岁身。

首句仄起平收式,上平声【十一真】韵。

秩:即十年,见《现代汉语词典》第七版1691页。

【七古】　　　　　2023年3月27日于星城金汇园

失偶宠物鸭

两个白色宠物鸭，
一只久未共彩霞。
是否已成盘中食，
可怜恩爱变孤家。

下平声【六麻】韵。

【七绝】　　　　　　　2023年4月6日于星城金汇园

《晚霞进行曲》出版后吟

老弱瘫瘸视力差，
多年腰痛嘴歪斜。
晚霞难以曲声继，
万事皆休似傻瓜。

首句仄起平收式，下平声【六麻】韵。

嘴歪斜：既指腰痛的痛苦状态，也指痴呆症状。

【七绝】　　　　　　　　2023年4月7日于星城金汇园

晚年自画像

腿瘸驼背眼昏花,
白发蓬头爱晚霞。
欢欢乐乐人生路,
晃晃摇摇走得差。

首句平起平收式,下平声【六麻】韵。

【五古】　　　　2023年5月27日于星城金汇园

自我写照

虽身世异常,
但神智犹健。
时步步推进,
常辛劳情愿。
力持家报国,
求奋进致远。
终平安到头,
却无怨无恨。

去声【十四愿】韵。

自我写照:这首五言古体诗,概括了作者一生的经历。首写作者身世的不平常,次写作者经受的辛劳之多,转写作者为人的情怀,最后写作者人生的结果。

【七古】　　　　2023年6月2日于星城金汇园

邻居楼台园地蔬菜茂盛

　　邻居李春晓女士正在加拿大儿子家度暑期。她与先生一起出国度假期间，我每天用喷水皮管隔墙为她家蔬菜浇水。特发图文请其放心，不用担心她家楼台园地蔬菜生长不良。

烈日烘烘似火烧，
李家一派好菜苗。
异邦安心度暑假，
回国畅叙神州娇。

　　下平声【二萧】韵。

【七古】　　　　　　　2023年盛夏于星城金汇园

炎暑祝君

赤日炎炎似火烧,
老弱病残好难熬。
天涯相隔我祝愿,
多多保重寿年高。

下平声【二萧,三肴,四豪】韵。

【七古】　　　　　2023年盛夏于星城金汇园

炎暑答友人

赤日炎炎似火烧，
闭门不出开空调。
淡定从容袪火气，
延年益寿我逍遥。

下平声【二萧，三肴，四豪】韵。

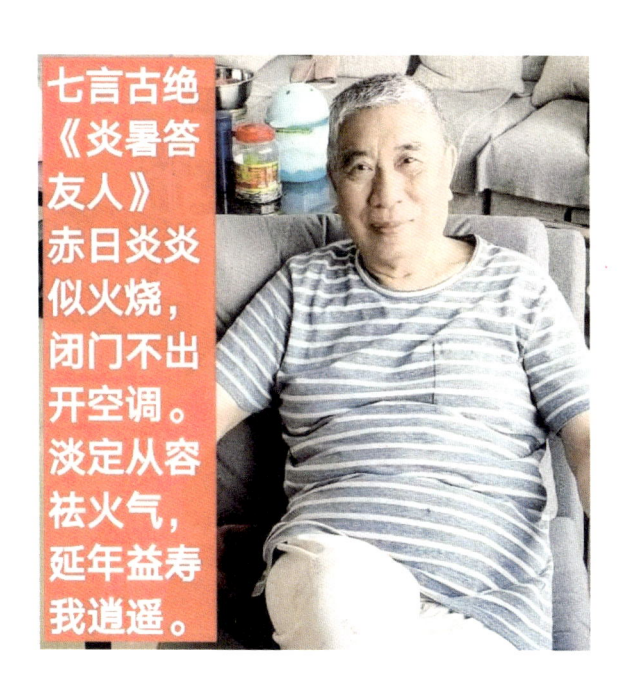

【七绝】　　　　　2023年4月7日于星城金汇园

寄星城八中各位老同事

如梦八中往事亲，
魂牵夜半念同仁。
而今腿瘸眼花佬，
依旧衷心谢众神。

首句仄起平收式，上平声【十一真】韵。

同仁：在同一单位工作的人，参见《现代汉语词典》第七版1313页。

神：有超人能力和德行的人，指各位八中老同事，参见《现代汉语词典》第七版1161页。

【七律】 2023年10月9日晨于金汇园

咏创建卫生城市

美貌星城创卫欢，
古樟新社走前端。
宣传工作深层做，
实践精神普遍观。
效果不凡再奋进，
园区整洁常吟叹。
先锋张骤佳群里，
老弱衷情写赞翰。

> 张骤佳.社区友
> 昨天 下午2:38
>
> 邹老您好，社区及居民正在参与国家卫生城市创建工作同时上报有关典型事例，您是否有时间作诗一首或者之前有过类似主题内容，的诗句可否提供，感谢🙏打扰了🤝

首句仄起平收式，上平声【十四寒】韵。

星城：长沙的别称。

创卫："创建国家卫生城市"简称。

翰：文字书信的意思，见《现代汉语词典》第七版515页。此指代本诗。

张骥佳：一个年轻小伙，社区工作者。

【七绝】　　　　　　　　2024年于星城金汇园

旧房加装电梯落成

园内凄凄美貌花，
危言力阻电梯加。
亲民举措铺开路，
无碍功成众口夸！

首句仄起平收式，下平声【六麻】韵。

【七绝】 2023年10月与星城金汇园

赞方骅先生

阻碍楼房加电梯，
方骅仗义婉言批。
纵然最后难成事，
也应感恩贤士兮。

首句仄起平收式，上平声【八齐】韵。

骅：赤色的骏马，见《现代汉语词典》第七版560页。

兮：跟现代的"啊"相似，见《现代汉语词典》第七版1396页。

【七律】　　　　2023年11月3日于星城金汇园

人生就是爬楼路

　　树上微出版主任雷顺2023年11月2日在朋友圈发了一幅楼道影照，并发感言说："难走的路，从不拥挤。"我也深有所感而作。

美好风光在上方，电梯载人太繁忙。
选择难走登楼路，努力攀爬意气昂。
人世本来争先赛，胆略确实取优章。
高明哲理深深悟，避免拥挤胜利尝。

　　首句仄起平收式，下平声【七阳】韵。

【楹联】

横幅：老来习字

夕阳光耀脸，不问收获。
晚岁病缠身，乐于耕耘。

【七律】　　　　2023年11月30日于星城金汇园

中篇小说《桂花飘香》

主角桂花斗志昂，开拓创业善心肠。
传承红色基因谱，教子谆谆严有方。
长子次男圆梦想，艰辛困苦有担当。
合家奋进新时代，不忘初心永向阳。

　　首句仄起平收式，下平声【七阳】韵。
　　本诗无对仗。七律可以全首不用对仗，见中华书局 2000 年 4 月第一版王力《诗词格律》第 47 页注③。
　　桂花：中篇小说《桂花飘香》的主角，原型为堂侄女丽君。

【七绝】　　2023年1月30日于长沙市中心医院神经内科

突患脑缺血

兔去龙来脑血瘫,
未留后遗保平安。
儿孙孝道人人赞,
抢救及时万幸欢。

首句仄起平收式,上平声【十四寒】韵。

后记
HOU JI

我出生在一个普通的农民大家庭，幼时随母下堂，备尝人间孤凄，飘荡流浪，无力也无心上学读书。父亲读过土木建筑中专，是一个勤勉、能干的土木建筑工程师。母亲出生在一个贫穷的农家，没上过学，但很早就自己学会了看书写信，是一个能干、勤劳的慈母。1954年冬，快14岁的时候，我来到长沙跟随父亲生活，上了中学，正式尝到了上学读书的滋味。

从初一起，我就痴心于文学，梦想写小说，写诗歌。后来由于生活的曲折，意志的薄弱，参加工作前基本没写过诗歌，更没有专心钻研过旧体诗词。

1966年我在湖南师范学院中文系毕业后，成了一个中学教育工作者。2002年10月退休前因忙于工作，也很少写诗。退休后我从繁忙中解脱出来了，对美好现实生活的深切感受，重新激发了我创作诗词的热情，写了一些旧体诗词。本着"诗歌应该是

冲锋的号声，战斗的鼓点，时代的旗帜"的原则，我从350多篇的诗词稿中择选，汇编了这本诗词选集。根据诗词格律学，凡是按格律撰写的楹联和曲，都可列入诗词之内。也就是说，楹联和曲本原是从格律诗词演化出来的。所以这本诗词选集内，也收录了一些楹联和曲。

在此，我想说三点：

第一，我为什么喜爱写旧体诗，尤其是格律诗呢？格律诗是我国灿烂文化的瑰宝。民族复兴时期，应该让它歌颂新时代，弘扬新时代，古为今用。写古体诗或古绝（古风），固然不必讲究平仄，只需押韵，容易入门。但我以为，对学习写诗词的人来说，如果写旧体诗，最好先学正格的近体诗，即格律诗词。因为格律诗词产生在古体诗之后，在其基础上有创新，有完善，好处是讲究平仄，音韵优美。当然，在精通格律之后，再写古体诗就不在话下了，就可以天马行空了！唐代以后，王安石、陆游、郑板桥、曹雪芹、鲁迅、郭沫若、胡适、叶圣陶、王力、齐白石、赵朴初、启功等著名人物，不是都主要写正格的近体诗吗？不是都写得很好吗？

第二，我为什么喜欢将格律诗写得浅显易懂，通俗易读呢？白居易在文学上主张"文章合为时而著，歌诗合为事而作"，他是新乐府运动的倡导者，其诗语言通俗，相传老妪也能听懂。我从来不认为，将格律诗写得文绉绉、酸溜溜，大量使用生僻典故，词语艰涩，就是高雅，有水平。什么叫文化传承？格律诗的传承就是"旧瓶装新酒"！就是说在写格律诗的时候，既要严格按照格律诗的平仄音韵创作，描绘新时代的生活特点，弘扬新时代的思想风貌，也应避免堆砌艰涩词语，生僻典故！有人说，打油诗的特点就是语音通俗，浅显易懂。还有人说打油诗既可写成近体诗，也可写成古体诗、白话诗。我写的格律诗，虽然有难懂的词语、典故，但一般都加了注释。从这一点来看，我写的这些格律诗，就是近体打油诗。既有格律诗的传统音韵美，读者又能明白，感受到新时代的风貌，何乐而不为？

　　第三，我的诗词为什么有完整的格律和音韵标注？格律诗词确实规则很严，约束很大，写起来更需动脑筋。但这样润色研磨写出来才更富有音韵美，更有意境，更精彩，更雅致。袁牧在《遣兴》中说得好："爱好由来下笔难，一诗千改始心安。阿婆还似初笄女，头未梳成不许看。"我之所以对自己所写的诗词题目一般都标注格律名称，体裁形式或

词牌名称，而且有平仄及韵部的标注，是为了便于自己对照格律音韵反复修改，也便于行家批评指正。

  我原本是把诗词当作日记和自传写的，只给自己看，或给相关好友留个纪念，之前并无出版发行的想法。我来自一个叫"荷叶塘"的乡村，对她我总是魂牵梦绕。我的博客网名叫"荷塘野老"，我有一首《四字句祭祖韵文》，里面写到"荷叶塘"家族的变迁。我还写过一首长篇七言古体诗《荷塘野老歌》，写到我的曲折身世。我的诗词基本上就是我一生的写照和记录。

  很惭愧，我虽然从年少起就喜爱诗词，现在年事已高，但对于写诗词尤其是格律诗，确实还是一个外行！如有人读到这本书，从形式到内容发现有什么问题，恳请及时、严肃、认真地指正。只要我还活在人世，一定虚心、诚恳地接受并改正。

作者

庚子孟秋于星城金汇园